Konstanzes Vermächtnis

Autoren-Team Sültz auf Sylt
Renate Sültz

Konstanzes Vermächtnis

BoD - Books on Demand
Norderstedt 2016

Bibliografische Information durch die Deutsche Nationalbibliothek
Die Deutsche Nationalbibliothek verzeichnet diese Publikation in der Deutschen Nationalbibliografie; detaillierte bibliografische Daten sind im Internet über http://dnb.dnb.de abrufbar.

© 2016 Renate Sültz
Herstellung und Verlag: BoD – Books on Demand, Norderstedt
ISBN 978-3-73921-903-5

Vorwort

Konstanzes Vermächtnis ist ein Generationenroman und erzählt die Geschichte der jungen Schneiderin Konstanze im Alten Berlin um 1880 bis ins 20. Jahrhundert. Es geht um Liebe, Arbeit und Schicksal.

Macht ein gefährlicher Motorsport den kleinen Danny zum Weisen? Lesen Sie einfach weiter...

Ihre Renate Sültz

Meine Geschichte spielt um 1880 zur Zeit der Monarchie in Deutschland...

Kaiser Wilhelm der Erste wurde 1871 zum Kaiser ernannt. Ein deutscher Nationalstaat entstand. Durch die Hochindustrialisierung ging es Deutschland recht gut. Das hielt bis zum Ausbruch des ersten Weltkriegs 1914 an. Damals verlor die Monarchie ihre Dominanz durch die soziale Not.

Es gab erst ab 1885 erste Fahrzeuge und dampfbetriebene Straßenbahnen.

Pferdekutschen dominierten das Straßenbild.

Berlin 1880

Konstanze sah sehr schön aus in ihrem neuen Kleid. Der Jugendstiel hatte gerade Einzug gehalten und prägte die Modewelt. Ausladende Reifröcke oder Kostüme, sowie überdimensionale Hüte waren hochmodern!

Die junge Frau hatte Schwierigkeiten ihren Rock zu fassen, schaffte es aber dann doch in die wartende Kutsche einzusteigen. Sie musste schnell ins Geschäft. Konstanze war Inhaberin einer kleinen Schneiderei, die bis vor kurzem noch ordentlich Kundschaft hatte.

Selbst Otto von Bismarck hatte schon bei ihr schneidern lassen. Nun ist es sehr ruhig geworden, obwohl es den Leuten nicht schlecht ging. Konstanze selbst hatte sich in einer kleinen Hinterhofwohnung niedergelassen. Das genügte ihr vollkommen, denn sie hatte für sich keine großen Ansprüche. Außerdem war die Wohnung günstig; sie musste sparen wo es nur möglich war. Drei Angestellte waren in ihrem Laden beschäftigt und mussten alle zwei Wochen bezahlt werden.

Potsdamer Platz

Angekommen an ihrem kleinen Laden, sagte Konstanze dem Kutscher, dass er einige Minuten warten möge. Sie stieg nicht aus, sondern beobachtete, wie ein gutgekleideter Herr ihr Geschäft verließ.

Der Anblick des Mannes machte sie stutzig, denn wie lange war es her, als solche Leute sie aufgesucht hatten? Er rief eine Kutsche herbei... weg war er...

Konstanze stieg nun aus und ging in die Schneiderei. „Konstanze, Konstanze, was denkst du wer gerade hier war?" Lotte konnte vor Aufregung kaum sprechen. „Bitte langsam, Lotte.", sagte Konstanze und Lotte fuhr fort: „Ein Adeliger scheint er zu sein, ein feiner Herr... nur in Seide gekleidet. Er bestellte eine große Menge Gardinen und Brokatvorhänge. In drei Wochen will er alles abholen lassen. Eine großzügige Anzahlung hat er geleistet!" Lotte war immer noch sehr aufgeregt. Als beste Näherin verdiente sie für damalige Verhältnisse recht gut, 100 Mark, das kam schon fast dem Gehalt eines Beamten gleich... Konstanze sagte immer: „Du bist es Wert, darum zahle ich dir einen guten Lohn."

„Hast du dir den Namen des Herrn aufgeschrieben, Lotte?", bemerkte die Chefin.
„Natürlich, er hieß Freiherr von Beck!" „Von der Anzahlung werde ich die Stoffe kaufen, damit wir pünktlich liefern können.", sagte Konstanze.

Sie benötigte feinste Seide und Brokatstoffe. Am nächsten Tag fuhr sie nach Paris zu einer befreundeten industriellen Familie, die eine große Weberei besaß und Seide aus Indien bezog. Konstanze bestellte das was sie benötigte und fuhr nach Berlin zurück.

Einige Tage später kam die Ware mit der Bahn und musste vom Personal abgeholt werden. Nun flogen die Stoffe hin und her... es wurde gemessen und genäht... alles musste genau stimmen... keiner durfte sich einen

Patzer erlauben, denn die Stoffe waren zu wertvoll.

Einige Wochen später ließ Freiherr von Beck die fertigen Gardinen abholen. Gleichzeitig schickte er an Konstanze eine Einladung, um sich für die problemlose und gute Fertigstellung zu bedanken. Auf der Einladung stand „Schloss Britz".

„Na, ja, Schaden kann es nicht dieser Einladung zu folgen.", sagte Konstanze. Einige Tage später befand sie sich in bester Gesellschaft wieder. Der preußische Landadel bat zu Tisch. Der Herr des Hauses, Emanuel von Beck, war noch recht jung. Vor einiger Zeit zog er in dieses Schloss, renovierte es aufwändig... die schönen Vorhänge und Gardinen von Konstanze zeigten seinen guten Geschmack.

Der Freiherr wollte viel wissen von Konstanze, ebenso seine Schwester, die das Schloss ebenfalls bewohnte. Das Essen war wunderbar; und der Wein stieg Konstanze in den Kopf.

„Ich werde sie selbstverständlich mit der Kutsche zurückbringen lassen.", sagte von Beck. „Ich fahre gern mit, damit Sie gut ankommen."
Konstanze schämte sich... musste ausgerechnet dieser Mann sehen wo sie wohnte? In einer schäbigen Hinterhofwohnung... nein, das wollte sie auf keinen Fall! „Ach, wissen sie, bis zum Potsdamer Platz ist es doch nicht so weit, das geht schon, wenn ich allein fahre!" „Ungern, aber wenn es ihr Wunsch ist.", entgegnete von Beck. Sie verabschiedeten sich und von Beck bedankte sich nochmals für die wunderbare Arbeit. Geschickt lud er sie zu einer Bootsfahrt ein. Der Langen See war nicht weit vom Schloss entfernt, die wunderbare Seenlandschaft rund um Berlin lädt zum Spaziergang oder zum Rudern ein... Konstanze willigte ein.

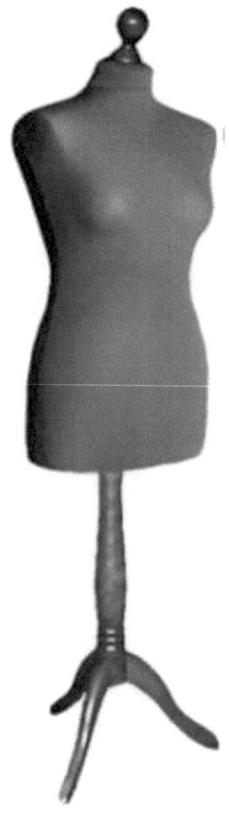

Das Glöckchen der Ladentür müsste geölt werden, man nahm es kaum mehr war. Als Emanuel von Beck eintrat, konnte man aber seine

kräftigen Schritte wahrnehmen.
Lotte kam aus der Nähstube nach vorne und wollte wissen, was sie für ihn tun könne. Dieser wollte Konstanze zur Bootsfahrt abholen.
„Guten Tag!", meldete sich Konstanze und gab dem Personal Bescheid.

Immer wieder musste Konstanze neuerdings dem Personal unter die Arme greifen, da, oh Wunder, viele Aufträge hereinkamen. Aber erst seit von Beck ihr Kunde wurde! Es musste sich wohl sehr schnell herumgesprochen haben, dass er Kunde bei ihr war. Den Verdienst, den die Kundschaft brachte, konnte Konstanze dringend gebrauchen.

Sie fuhren mit der Kutsche zum See und genossen den sonnigen Tag. Auf der Heimfahrt schaute Emanuel Konstanze lange an und bemerkte: „Sie sind eine sehr schöne Frau, Konstanze."
Verlegen schaute sie zur Seite und

antwortete nicht. Nachdem sie am Potsdamer Platz angekommen waren, verabschiedeten sie sich. Sie traute sich nicht ihm in die Augen zu sehen, so verlegen hat sie Emanuel gemacht. Schnell stieg sie aus und verschwand im Laden.

Von Beck war ein Mensch, der sich nie auf die faule Haut gelegt hatte; er angergierte sich in der Industrie und im Bergbau. Über Arbeit konnte er sich nicht beklagen, schließlich musste das Schloss finanziert werden. Was nutzte ihm der Adelstitel, wenn er ein armer Schlucker war.

Konstanze arbeitete mit Lotte und den beiden anderen Frauen ununterbrochen. Es wurde gemessen, zurechtgeschnitten und genäht. die feinen Damen und Herren der Gesellschaft kamen gern zur Anprobe oder bestellten Stoffe.
Über Aufträge konnte sich Konstanze nicht beklagen, das war auch gut so,

so konnte sie die Löhne pünktlich bezahlen. Die Ladenmiete war auch nicht billig... nach langer Durststrecke konnte Konstanze nun endlich aufatmen! Selbst für den Leierkastenmann, der sich seit einigen Tagen vor dem Laden platzierte, fiel immer etwas ab.

Nach ein paar Wochen meldete sich Freiherr von Beck wieder bei Konstanze. Er kam, wie immer nicht lautlos, in den Laden gelaufen und rief voller Freude: „Fräulein Konstanze, ich bin es, Emanuel!" Sie hörte es nicht, denn sie war gerade damit beschäftigt ihre neuste Errungenschaft auszupacken... eine neue Nähmaschine! Es war ihre erste Nähmaschine, eine Opel, auf die Konstanze sehr stolz war... nun konnte sie noch schneller arbeiten.

Immer wieder rief von Beck: „Konstanze, ich bin es, Emanuel!"... Endlich reagierte sie und kam in den Laden. „Guten Tag Emanuel, kann ich etwas für sie tun?" „Nein... oder doch!" Er wusste nicht wie er beginnen sollte... „Ich möchte mit ihnen nach Luisenstadt fahren und sie ins Theater einladen." Schon wieder eine Einladung, dachte sie... sie wurde rot. Was bezweckte er damit? „Ja, gern, Emanuel."

„Jetzt Sonntag!" Emanuel freute sich.

Von Beck weiter: „Fräulein Konstanze, ich habe gehört, dass der Mietshausbau in Charlottenburg floriert, ich könnte ihnen in einer besseren Umgebung eine Wohnung besorgen. Außerdem bin ich mit dem Bürgermeister Fritsche sehr bekannt."
„Sie meinen es sicher gut mit mir, aber ich möchte nicht weg, ich bin hier aufgewachsen und meine Kundschaft wohnt in dieser Umgebung."

Am Sonntag fuhren sie gemütlich mit der Kutsche nach Luisenstadt ins Zentral Theater. Eine wunderbare Aufführung bei der sich auch Konstanze und Emanuel näher kamen. Plötzlich saßen sie ganz eng beieinander. Ungewollt berührten sich ihre Hände... erschrocken zog Konstanze ihre Hand zurück. Aber Emanuel zog sie wieder an sich und küsste ihre Hand... sah sie an... ihre Blicke trafen sich.
Von diesem Augenblick an begann eine Romanze.

Nach wie vor trafen sie sich. Die Schneiderei lief gut. Viele Menschen zogen hierher, auch sie wurden Kunden der Schneiderei. Dem Leierkastenmann ging es ebenfalls recht gut. Von den Groschen, die er bekam, konnte er gut leben. Von jetzt an sollte sich alles ändern.

Regelmäßig fuhr Konstanze nun mit dem Zug nach Frankreich um Stoffe zu kaufen. Auch an diesem Tag... ausgerechnet jetzt... inmitten des Erfolgs, geschah das Unfassbare... Sie wollte gerade in den Zug einsteigen und machte einen Fehltritt... sie fiel... der Zug kam in Fahrt und, wie furchtbar, er fuhr über ihre Beine... es war grausam.

Man brachte sie in eine Krankenanstalt. Der behandelnde Arzt sagte nur: „Mein Gott, so eine junge Frau." Die Operation dauerte sehr lange. Am nächsten Tag konnte der Arzt Konstanze mitteilen, dass sie ihr Beine zwar behalten kann, jedoch die Nerven geschädigt sind, so dass sie nie wieder laufen könne.

Konstanze weinte unaufhörlich. Eine Welt brach für sie zusammen. Ihre Schneiderei... ihre Wohnung, in der sie sich so wohl gefühlt hatte... was soll nun werden?

Sie musste stark sein, irgendwie musste es weitergehen, dachte sie. Konstanze veranlasste, dass Emanuel, Lotte und einige Freunde, eine Benachrichtigung erhielten.

Der Aufenthalt im Sanatorium dauerte viele Wochen... Konstanze kämpfte, ihr Lebensmut verhalf ihr dabei, dass sie wieder nach Hause konnte. In der Zwischenzeit teilte ihr Lotte mit, dass sie sich nicht um das Geschäft sorgen müsse. „Ich werde mich darum kümmern, alles wird gut!"

Emanuel erhielt den Brief während einer geschäftlichen Besprechung. Er öffnete den Brief, setzte sich, eiskalt lief es ihm über den Rücken. Sein Einglas glitt ihm vom Auge, ganz bleich wurde er.

Er rief nach seiner Hausdame Berta: „Bitte packen sie mir sofort das

Nötigste für einige Tage ein, ich verreise!" Berta stellte keine Fragen, aber sie vermutete, dass, anhand des Gesichtsausdrucks von Becks, etwas nicht stimmt. Der Schlossherr rief die Kutsche, einige Stunden später kam er zu Konstanze.

Das Krankenhaus machte einen beängstigenden Eindruck... kalt und unpersönlich war das Gemäuer. Aber es nutzte nichts, er musste zu Konstanze. Er weinte noch bevor er das Zimmer betrat. Emanuel öffnete die Tür. Sie saß im Rollstuhl... mit dem Gesicht zum Fenster. Sie schämte sich.

Konstanze wollte nicht, dass er sie so sah. Er flüsterte: „Bitte mein Schatz, drehe dich zu mir um, bitte." Langsam drehte sie sich zu ihm, ganz gelang es ihr jedoch nicht.

Ihre Schönheit hatte nicht gelitten, aber

die Seele... was war sie denn noch wert? Sie konnte nicht mehr laufen, die Gedanken an die Zukunft verwarf sie.

Aber Emanuel ließ sich nicht von ihrer Behinderung beeinflussen, er sprach: „Konstanze, ich habe dich als eine lebensbejahende, fleißige Frau kennengelernt, dazu noch jung und schön, bitte verzweifle nicht. Ich werde immer für dich da sein. Die besten Ärzte werden wir konsultieren, mit Geduld und meiner Liebe zu dir wirst du wieder laufen können. Glaube fest daran, bitte."

„Emanuel, mein Traum ist zerplatzt, es lief doch alles so gut." „Aber Konstanze, es läuft auch weiterhin so gut, ich werde die Schneiderei übernehmen, wir heiraten und du sitzt weiterhin an der Nähmaschine und organisierst alles."

Sie konnte nichts mehr sagen: „Aber,... aber,..." „Nichts, aber,...", grinste

Emanuel und küsste sie zärtlich.
Vieles wurde ihr nun klar und sie
weinte vor Glück.

Die Hochzeit fand im Schloss Britz
statt. Sie heirateten in Weiß.
Konstanze war eine schöne Braut. Sie
lebten bis zum Kriegsausbruch 1914
im Schloss. Emanuel starb wenig
später an einer Lungenentzündung.
Konstanze und ihre Söhne hatten in
der Schweiz ein Zuhause gefunden.

Aus der kleinen Schneiderei wurde
dank des Herrn Freiherr von Beck ein
riesiges Unternehmen, das von der
Schweiz aus geführt wurde.
Konstanze erreichte ein hohes Alter.
Wenn sie an ihre kleine Schneiderei am
Potsdamer Platz dachte, schmunzelte
sie.

Zur Erinnerung an ihre Mutter zogen Sigmund und Fritz von Beck wenige Jahre später nach Berlin um das Textilunternehmen ihrer Eltern weiterzuführen. Sigmund und Fritz starben relativ früh. Eine Erbkrankheit war schuld. Da gab es noch Josefine, die Tochter von Fritz von Beck. Sie war eine schöne attraktive junge Frau im Alter von 28 Jahren.

Sie war anmutig, grazil und elegant, wie ihre Großmutter Konstanze. Das Haus, in dem sich die kleine Schneiderei befand, existierte nicht mehr. Nach dem Krieg wurde alles neu bebaut und es entstand neuer Wohnraum. Berlin war nach wie vor Anziehungspunkt und viele siedelten sich in dieser einmaligen Stadt an. Josefine konnte sich aber, anhand von alten, vergilbten Fotos, ein Bild von der kleinen Schneiderei am Potsdamer Platz machen.

Konstanze war stolz auf ihren kleinen Laden. Er war Treffpunkt für die einfachen Leute und die gutbetuchten. Josefine war sehr stolz eine Großmutter gehabt zu haben, die in der Kaiserzeit im Alten Berlin einen Namen hatte. Viel musste in den ersten Jahren mit der Hand genäht werden. Später kam die erste Singer Nähmaschine, die schon damals sehr teuer war. Konstanze sparte damals an allen Ecken und Kanten, aber sie schaffte es. Nach und nach kamen noch zwei weitere Maschinen dazu.

Josefine hatte nicht nur die Schönheit ihrer Oma geerbt, sondern auch ihren Ehrgeiz, ihren Stolz und ihr Durchsetzungsvermögen. Immer stolzer wurde Josefine, denn das was sie auf den Fotos sah und aus den Briefen ihrer Großmutter erfuhr, machte sie traurig und stolz zugleich. Nicht immer gab es gute Monate in der Schneiderei. Das Personal musste bezahlt werden und lieber verzichtete

Konstanze auf viele Dinge, als dass sie ihr Personal vernachlässigte. Das hätte sie sich nicht leisten können.

Das Textilunternehmen ihres Vaters Fritz von Beck und ihres Onkels Sigmund, sollte sie weiterführen. Sie wollte nicht, denn sie hatte ganz andere Vorstellungen. Da ihre Großmutter immer schon ihr Vorbild war, erlernte sie den Beruf der Schneiderin und machte ihre Meisterprüfung. Josefines Herz hing an den nostalgischen Dingen. An den Kleidern und Hüten, die damals getragen wurden und vor allem an den kleinen Geschäften, die viel Gemütlichkeit und Wärme ausstrahlten.

Josefine veranlasste, dass das Unternehmen in andere Hände kam und machte in Berlin, am Kurfürsten Damm, ein kleines Geschäft auf. Normalerweise bräuchte sie nicht zu arbeiten, denn sie war schon jetzt eine sehr reiche Frau. Sie wollte einfach ihrer geliebten Oma eine Art Denkmal setzen mit dieser Schneiderei. Der Schriftzug über dem Eingang lautete: „Josefines und Konstanzes Nähstübchen". Dies sollte an ihre wunderbare Großmutter erinnern. Die junge Frau wollte Kleidung nähen, die zwar modern sein sollte, aber einen Hauch von Nostalgie aus dem 19. Jahrhundert haben sollte. Sie hoffte, damit eine einzigartige Mode auf den Markt zu bringen.

„Frank, kannst du mal kurz kommen?", rief Holger Breitscheid von hinten aus der Halle! Er war führende Kraft in einem Logistikunternehmen in Berlin Spandau. Die Frachtkontrolle war das Wichtigste überhaupt in dieser Firma. Die Lastkraftwagen mussten richtig beladen sein und auch gut gesichert werden. Frank Schulte, war mit seinen 24 Jahren erst am Anfang seines Berufslebens, da er sich schulisch weitergebildet hatte. Anfang der 1970'er Jahre wurde in großen Firmen noch nicht mit Computern gearbeitet.

Viele Arbeitsgänge waren noch recht mühsam, gerade in solch großen Unternehmen zu bewerkstelligen. „Ja, rief Frank Schulte, ich komme sofort." Frank war die rechte Hand von Holger Breitscheid. Die Kollegen sagten oft, sie seien ein tolles Team.

Berlin war jetzt im Wandel der Zeit. Alles wurde moderner. Einkaufszentren wurden errichtet und die kleinen Geschäfte hatten kaum noch eine Chance zu überleben. Doch Josefine von Beck ließ sich nicht davon beeindrucken. Sie baute jetzt gerade, von ihrem Ehrgeiz angespornt, ihren kleinen Laden auf. Alles war hochmodern und auch die besten Nähmaschinen konnte sie anschaffen. Sie stellte vier Näherinnen ein. Von den Räumlichkeiten her, war es auch schon ausreichend. Liselotte, Klara, Conni und Brigitte waren einfach perfekt.

Das Konzept stand und es wurden Probekleider genäht, die Josefine in ihrem kleinen Schaufenster ausstellte. So konnte sich die künftige Kundschaft schon einmal ein Bild machen. Ihre Stoffe ließ sie sich von einer ansässigen Spedition liefern. Die edlen Stoffe suchte Josefine in verschiedenen Ländern aus, die dann wiederum diese Spedition beauftragte, die Stoffe abzuholen und auszuliefern.

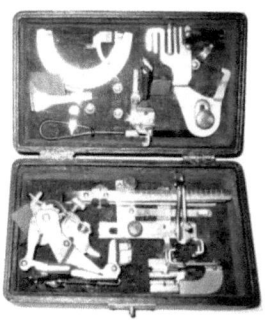

„Frau von Beck!", rief Klara, „Sind denn schon Aufträge hereingekommen?" Josefine antwortete ruhig: „Nein Klara, noch nicht, aber es wird bestimmt nicht lange dauern, denn wir haben ordentlich Werbung gemacht." Wie damals, in der Zeit ihrer Großmutter Konstanze, spielte auch vor ihrem kleinen Laden ein Leierkastenmann, die alten Berliner Lieder aus der Zeit als Zille noch lebte. „Alles hatte sich geändert, nur die Leierkastenspieler werden wohl nie aussterben.", dachte Josefine.

Ja, das ist eben Berlin, was wäre diese Stadt ohne sie.

„Frank, wie weit bist du mit den Speditionsaufträgen?", rief Holger Breitscheid. Er antwortete etwas genervt, denn mehr als arbeiten konnte er auch nicht: „Die Fracht muss noch gesichert werden, dann fahre ich selbst raus." „Dieses Mal ist es ganz in der Nähe.", sagte Frank. „Okay, bis heute Abend dann, mein Freund.", murmelte Holger, während er die Halle verließ. „Ach ja, noch etwas ist wichtig. Denke bitte an meine Geburtstagsparty, deine Frau wollte doch einen Käse-Igel vorbereiten, den du mitbringen willst."

Josefine wartete an diesem Morgen ungeduldig auf eine Stofflieferung aus Paris. Feinste Seide hatte sie für ihre ausgefallenden Modelle gekauft. Sie stand hinter der Ladentheke und sortierte Ware ein, als die Tür aufging und die Hauseigentümerin Johanna Wirtz eintrat. Hanna war ihre Freundin. Sie gingen zusammen in die Schule und verstanden sich so gut, als wenn sie Geschwister gewesen wären.

Aufgeregt sagte Johanna: „Fine, Fine ich kann nicht mehr, du musst mir helfen." „Was ist denn los, Hanna?", fragte sie die junge Frau, die im gleichen Alter war wie Josefine. „Es ist etwas Schlimmes geschehen. Ich war heute beim Arzt und mir wurde eine schlimme Nachricht mitgeteilt.", antwortete die verzweifelte Frau. Johanna hatte einen kleinen Jungen von drei Jahren. Der Vater hatte sie schon kurz nach der Geburt des Kindes sitzen gelassen. Unter Tränen sprach sie weiter: „Fine, man hat mir nur noch ein halbes Jahr Lebenszeit bescheinigt, da ich Blutkrebs habe, der nicht mehr heilbar ist. Nun mache ich mir Vorwürfe, dass ich nicht schon viel früher zum Arzt gegangen bin.", sagte Johanna mit einer weinerlichen

Stimme. „Was mache ich denn nur mit dem kleinen Denny, was soll aus ihm werden?"

Johanna brach zusammen. Josefine kam sofort angerannt und half der Freundin hochzukommen. Josefine versprach ihr: „Ich werde den kleinen Danny erst einmal vom Kindergarten abholen und zu dir bringen." „Du geh' bitte schon einmal nach oben in deine Wohnung und lege dich hin.", sprach Josefine mit einer beruhigenden Stimme.

„Was soll nur aus dem Kind werden, er braucht doch eine Mutter.", weinte Hanna. „Bitte, es wird alles gut, das verspreche ich dir, liebe Johanna.", sagte Josefine.

Da der kleine Danny Josefine sehr gut kannte, freute er sich, als er von ihr abgeholt wurde. „Wo ist Mama?", fragte er schnell. „Deine Mama ist nur etwas müde Denny, sie hat sich hingelegt.", antwortete die junge Frau. „Ist gut.", lachte der aufgeweckte Junge und schlenderte mit Josefine nach Hause. Johanna erwartete die beiden schon und rief: „Da seid ihr ja endlich!" Johannas Stimme war sehr schwach, man konnte es deutlich hören. Das Kind sprang freudestrahlend auf das Sofa und wollte mit seiner

Mutter spielen. Doch Hanna, wie sie von Josefine genannt wurde, atmete schwer und war froh, als der kleine Denny wieder ruhig mit seinen Autos spielte. Johanna sprach: „Fine, ich spüre, dass ich immer kraftloser werde, wir müssen uns einmal über Dennys Zukunft unterhalten." „Ich weiß schon, was du mir sagen willst Hanna, das Thema brauchen wir gar nicht erst zu diskutieren.", sagte Josefine. „Ich werde den Jungen zu mir nehmen und ihn großziehen. Aber vorerst steht dies noch nicht zur Debatte.", so Fine weiter. Johanna konnte sich die Tränen vor dem Jungen nicht mehr verkneifen. Dieser kam angelaufen und drückte sie ganz fest.

Josefine musste wieder schnell in ihren Laden, denn sie erwartete schon ungeduldig die Stofflieferung. Ihre Mädels hatten sich schon gut vorbereitet, mit den neuen Zeichnungen und Schnitten wollten sie zeigen was sie konnten und ihre Chefin nicht enttäuschen. Lotte, Klara, Gitte und Conni waren ausgebildete Schneiderinnen und auch schon auf Modenschauen angestellt.

„Ich fahre dann los!", rief Frank Schulte durch die Speditionshalle der Firma Ramottke. Heute hatte der junge Mann Stoffe geladen für ein kleines Geschäft, welches erst vor kurzem eröffnet wurde. Die Inhaberin Josefine von Beck wartete schon. Sie rief schon den ganzen Vormittag an und machte Druck. Doch die Stoffe kamen erst recht spät in der Spedition an. Der Lastkraftwagen, der die Ballen aus Paris abholen sollte, hatte unterwegs eine Panne.

Frank fuhr los. Berlin war eine sehr moderne Stadt geworden. Viele Straßen hatten immer noch das alte Kopfsteinpflaster aus dem 19. Jahrhundert. Komischerweise konnten die Bomben aus dem zweiten Weltkrieg hier nichts ausrichten. An Josefines Nähstübchen angekommen, wurde Frank schon ungeduldig von Klara empfangen. Sie hastete zum Auto und stolperte fast in Franks Arme. Der junge Mann konnte sich das Grinsen nicht verkneifen. „Eine attraktive Frau.", dachte er. Klara war gerade 22 Jahre jung und unglaublich ehrgeizig. Sie wollte unbedingt zeigen, was sie konnte. Bei Josefine war das kein Problem, denn Fine ließ die Mädels machen, was sie für richtig hielten.

Klara war die verträumtere von den vier Frauen. Sie wollte unbedingt irgendwann einmal eine Familie und Kinder haben. Aber im Moment war dies noch kein Thema. Gerne spielte sie in den Pausen auch mit Danny, der kleine Sohn von Johanna, der Hauseigentümerin und Verpächterin der kleinen Nähstube. In den drei Monaten des Ladenaufbaus hatte sie das Kind schon in ihr Herz geschlossen.

Josefine freute sich sehr über die wunderschönen Stoffe aus Paris, denn nun konnte es endlich losgehen. Tag und Nacht wurden Kleider und Röcke, aber auch Mäntel genäht. Alle Kleidungsstücke hatten einen Hauch von Nostalgie und erinnerten, an manchen Schnittpunkten und Kragenausschnitten, an die Mode des 19. Jahrhunderts. Ihre Großmutter

Konstanze wäre sehr stolz auf sie gewesen.

Ein paar Tage später fand sich neugierige Kundschaft ein. Sie schauten sich um und waren schnell begeistert von der Qualität der Stoffe und dem Modestiel. Josefine stellte schnell fest, dass ihre Kundschaft gut betucht war. Das konnte ihr nur recht sein. „Haben sie auch Kostüme in meiner Größe?", fragte Frau Göring. „Aber sicher, ich werde einmal bei ihnen maßnehmen.", entgegnete Klara schnell. Die Freude ließ ihre Wangen rot leuchten.

Ruck, zuck hatte sie alle Daten der Kleidergröße. „Ein Kostüm mit schwarzer Spitze am Kragen und diesen etwas ausgeschnitten wünschte ich mir.", sagte Frau Göring etwas schüchtern. Sie bat noch um einen lindgrünen Stoff und sehr kurzem Rock. Da die Mode zu diesem Zeitpunkt auf Mini eingestellt war und Frau Göring für ihr Alter noch eine tolle Figur hatte, konnte Josefine ihr den Wunsch nicht abschlagen. „Sie haben einen exzellenten Geschmack.", flüsterte Josefine ihr leise zu. „Vielen Dank.", antwortete die 50 jährige Dame. Josefine bot ihr an, doch in einer Woche wieder zu kommen für die Anprobe. Nochmals dankend, verabschiedete sich die Kundin.

Die Frauen machten sich sofort an die Arbeit. Es wurde gemessen, zugeschnitten und genäht was das Zeug hielt. Das Geschäft florierte und alle waren glücklich. Das Kostüm von Frau Göring wurde ein voller Erfolg.

Im Laden klingelte das Telefon am Tage darauf. Johanna war am Apparat. Sie brauchte dringend Hilfe und bat Josefine wieder um die Abholung des Kindes aus dem Kindergarten. „Ich hatte einen Schwächeanfall und sehr starke Schmerzen.", klagte Hanna. „Mach' dir bitte keine Gedanken, ich hole Danny ab und wenn du willst kann er bis Ladenschluss hier im Geschäft spielen.", antwortete Josefine. Hanna war einverstanden, aber es blieb leider nicht bei dem einen Mal. Immer wieder war der drei Jahre alte kleine Junge unten im Laden, schaute zu, wie genäht wurde und freundete sich hauptsächlich mit Klara an.

Josefine fuhr in ihrer freien Zeit mit ihrem Motorboot auf verschiedenen Berliner Veranstaltungen mit. Ein ausgefallenes Hobby für eine Frau, aber es machte ihr eben Spaß. Leider wird ihr eines Tages dieses Hobby Unheil bringen. Danny weinte oft in der letzten Zeit. Denn auch das Kind merkte, dass es seiner Mutter schlecht ging. Immer öfter mussten Josefine und auch Klara den Kleinen wieder auffangen. Es war Anfang Dezember, als Johanna ins Krankenhaus musste. Dort versuchte man sie etwas zu stärken und ihr die Schmerzen zu nehmen. Doch die junge Frau wurde von Tag zu Tag schwächer.

„Guten Morgen, Hanna.", flüsterte Josefine von Beck ihr ins Ohr. „Oh, Fine schön dich zu sehen.", antwortete die totkranke Frau mit ungewöhnlich klarer und fröhlicher Stimme. „Fine, ich habe ein Testament gemacht. Es liegt in einem Wandtresor in meiner Wohnung.", sagte Johanna. In der Handtasche, die da drüben steht, ist der Schlüssel.", flüsterte sie nun. „Du hörst dich gut an, Hanna.", stellte Josefine fest. Johanna sprach: „Ja, aber ich fühle, dass ich nicht mehr lange lebe, darum müssen wir schnell klare Verhältnisse schaffen.

Josefine redete mit ruhiger Stimme auf ihre Freundin ein: „Liebe Hanna, ich will nicht drängen, aber wäre es nicht besser ich würde mich jetzt schon um

die Adoption des Kindes kümmern?"
Auch Hanna entgegnete ruhig: „Genau
dies wollte ich dir sowieso raten, denn
ich weiß, dass ich nicht mehr lange
leben werde." Josefine blieb noch
etwas, bevor sie sich von der Kranken
verabschiedete. Das Kind wollte sie
aber vorläufig nicht mitnehmen.

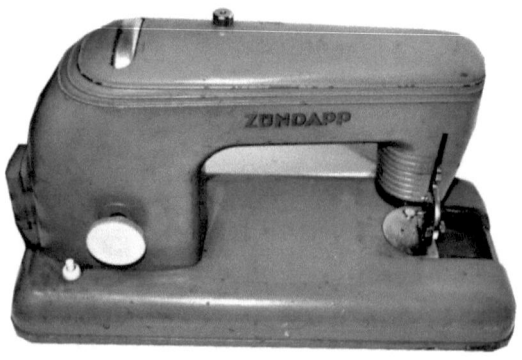

Danny hatte sich schon gut in der
Nähstube eingelebt. Während Hannas
Krankenhausaufenthaltes wohnte
Fine in der Wohnung ihrer Freundin,
um sich besser um den dreijährigen
Jungen kümmern zu können. Klara

und sie wechselten sich oft ab, denn die Nähstube durfte nicht vernachlässigt werden. Die Aufträge liefen gut und die Kundschaft war begeistert von der ausgefallenden Mode, die hochelegant war.

Frank Schulte ging es an diesem Morgen nicht so gut. Er verspürte einen komischen Druck in der Magengegend, aber er war nicht krank. Jedoch die Arbeit musste erledigt werden. Wieder führte ihn der Weg zur kleinen Nähstube von Josefine Beck. Dieses Mal konnte Klara nicht die Ware entgegennehmen, da sie Denny betreuen musste. Immer neue und schönere Kleider wurden in der kleinen Nähstube fertiggestellt. Die zahlreichen Kunden, vorwiegend reiche Kunden, gaben eine Bestellung nach der anderen auf. Etwas enttäuscht, Klara nicht zu sehen, fuhr Frank wieder weg, nachdem er die Ware ausgeliefert hatte. Langsam wurde dem jungen Mann klar, dass dieses Gefühl, welches er hatte, keine Krankheit war, sondern ein Gefühl der Verliebtheit. Er hatte sich doch tatsächlich in Klara verguckt.

Es wurde nun Zeit, dass Josefine etwas unternahm. Der Zustand von Johanna verschlechterte sich von Tag zu Tag. Das Testament hatte Johanna gefunden und die Adoptionsunterlagen für den Jungen waren schon ausgefüllt. Mit dem schriftlichen Einverständnis von Hanna, und unter diesen schlimmen Umständen, wurde es ihr leicht gemacht. Josefine ließ keine Zeit verstreichen und innerhalb von drei Wochen war die Adoption durch. In der Nähstube ging es hoch her. Das Weihnachtsgeschäft florierte und die Mädchen gaben sich alle Mühe, um ihr Bestes zu geben. Es fielen schon die ersten Schneeflocken vom Himmel und der Leierkastenmann spielte in der Kälte, genau wie damals, als ihre Großmutter noch lebte. „Hallo, Frau Nolte.", rief Josefine einer Kundin zu, die gerade in ihren Laden wollte. „Wie geht es ihnen, waren sie krank rief Fine mit einem Frösteln in der Stimme, denn es war eisig kalt an diesem Morgen.", Ja, leider, ich hatte etwas länger und unerwartet im Krankenhaus gelegen.", meinte Frau Nolte, freundlich wie immer.

„Gestern wurde ich entlassen.", lachte sie. Frau Nolte runzelte die Stirn und überlegte: „Ich habe im Krankenhaus gehört, dass ihre Freundin Johanna nun künstlich ernährt wird, weil es ihr sehr schlecht geht." Josefine, die gerade den Schnee vor dem Laden fegte, ließ sofort den Besen fallen und rannte aufgeregt in den Laden. Sie konnte aus Zeitmangel ein paar Tage nicht ins Krankenhaus fahren. Sie machte sich Vorwürfe. Nur durfte sie sich jetzt vor den Kunden nichts anmerken lassen. „Was kann ich denn für sie tun, Frau Nolte?", sprach sie die alte Dame an. Die etwas kleine und gedrungene Frau war schon Stammkundin bei Fine. Sie nähte alles selbst, sogar ihre Tischdecken und Kissenbezüge. Dazu suchte sie sich immer die schönsten Stoffe aus und ließ sich diese zuschneiden.

„Klara, Klara du musst Danny für ein paar Stunden beschäftigen, denn ich muss umgehend zu Johanna, ihr geht es schlecht.", rief sie nach hinten in den Raum, in denen genäht wurde. Josefine konnte kaum ein verständliches Wort herausbringen: „Bau' doch mit dem Jungen einen Schneemann im Park, dann ist er erst mal abgelenkt." Leise antwortete ihr Klara, denn die Frauen konnten keine Ablenkung gebrauchen: „Klar, mach' ich doch, die Zuschnitte für die Aufträge sind ja schon fertig."

Die Tür von Hannas Zimmer stand offen. Hektisch liefen Ärzte und Schwestern hin und her. Josefine stand wie versteinert da. Sie musste sich zusammennehmen. „Was ist los?", rief sie dem vorbeilaufenden Arzt hinterher. „Wer sind sie denn, ich gebe doch nicht jedem Auskunft.", sagte der Arzt. „Mein Name ist Josefine von Beck.", antwortete sie verängstigt. Sie machte dem Arzt Dr. Storm klar, dass Johanna ihre Freundin sei, mit der sie auch zur Schule ging. Weiter erklärte sie ihm, dass sie ihren Sohn adoptiert hatte. Mit bewundernden Blicken musste Dr. Storm nun erklären, dass Johanna im Sterben lag und dass man jeden Tag mit dem Schlimmsten rechnen müsse. Josefine von Beck betrat weinend das Krankenzimmer.

Es war irgendwie anders. Ja, den Tod konnte man riechen. Sie konnte ihn riechen. Den gleichen Geruch hatte sie in der Nase, als ihr Vater starb.

Johanna hatte die Augen zu. Sie befand sich in einem Dämmerschlaf aus dem sie nicht mehr erwachte. Sie starb an Heiligabend. An diesem Heiligabend war man traurig, aber auch gleichzeitig froh, dass sich Hanna nicht mehr quälen musste. Der kleine Danny dachte überhaupt nicht an seine Mutter, sondern spielte ausgelassen mit seinem neuen Spielzeug. Er tollte herum und freute sich seines Lebens. Den Heiligabend verbrachte Klara mit Josefine. Klaras Eltern lebten im Ausland. Damals war Klara gerade 18 Jahre alt, als Vater und Mutter sich entschieden, ein Bistro in Frankreich zu eröffnen. Seitdem leben sie dort.

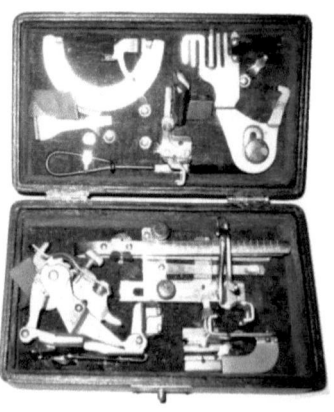

Das junge Mädchen nahm sich früh eine Wohnung und wollte sein Leben selbst in die Hand nehmen. Sie ließ sich nicht überreden mitzukommen. Der Kontakt zu ihren Eltern war dürftig. Jedenfalls hatte sich der kleine Danny an beide Frauen gewöhnt. Er sah Josefine als seine Mama an und sagte auch oft zu Klara „Mama". Ändern wollte die beiden Frauen das nicht.

Es wurde Frühling. Die neuesten Modevarianten wurden ausprobiert und zurechtgeschnitten. Es wurde genäht und immer ein Hauch von Nostalgie in die Kleidung gebracht. Die Frauenwelt war begeistert und sie rissen Josefine quasi die Klamotten aus der Hand.

Frank Schulte hatte es sich zur Aufgabe gemacht, die kleine Nähstube jedes Mal selbst zu beliefern, wenn die Stoffe ankamen. Auch an diesem warmen Frühlingstag war der Lkw fast voll mit Stoffballen und Nähutensilien, sowie Ankleidepuppen für das Schaufenster. Da der Lastwagen schon ein gewisses Alter auf dem Buckel hatte, konnten die Mädchen im Laden hören, wenn er kam.

„Frank ist da!", rief Klara

euphorisch. Sie rannte heraus und lief ihm lachend entgegen. „Hallo Klara.", grinste der junge Mann. Franks und Klaras Augen trafen sich und sie sahen sich minutenlang an. „Was ist denn los da draußen?", rief Josefine ungehalten. Sie wartete schon ungeduldig auf die Ware, denn es lagen schon wieder neue Aufträge vor. „Ja, ja ich mach schon.", antwortete der verliebte Fahrer. Frank fuhr wieder zurück und schaute noch einmal in den Rückspiegel, um eventuell noch etwas von Klara sehen zu können.

„Na, Klara, bist wohl verknallt oder?", fragte vorsichtig eine Kundin nach, die alles aus dem Laden heraus beobachten konnte. „Ja, bin ich wohl Frau Behrens, bin ich.", lachte die junge Frau.

Josefine war schon ganz aufgeregt. Sie hatte Klara beauftragt, auf Danny aufzupassen, denn es stand wieder einmal eine Motorboot-Regatta auf dem großen Wannsee an. Sie hatte eine Einladung bekommen, von einer Cousine aus Belgien. Ihr Onkel Sigmund zog damals mit seiner Familie nach Belgien um dort einen Weinberg zu übernehmen und ist für immer geblieben. Rosa ist zwei Jahre jünger als Josefine.

Außer hin und wieder eine Karte, hatte sie kaum Kontakt zu ihr. Sie hatten aber eine gemeinsame Leidenschaft. Diese Leidenschaft bezog sich auf den Motorboot-Sport. Am Tage der Veranstaltung war Fine über alle Maßen aufgeregt. Sie vergaß alles um sich herum. Rosa hatte viel Ähnlichkeit mit ihr, nur die Haare waren blond statt braun, wie bei Josefine. Aber was spielte das für eine Rolle. Der Menschenauflauf am Großen Wannsee war an diesem Sonntag enorm. Es war Mai und schon recht warm. Alle Sitz-und Stehplätze waren belegt und alle fieberten dem Start entgegen.

Seit 10 Jahren betreibt Josefine den, nicht gerade ungefährlichen, Sport. Dazu musste sie einen Sportboot-

Führerschein machen und brauchte auch eine Lizenz. Sie hatte damals von ihrem Vater einen Außenborder bekommen in rot, ihrer Lieblingsfarbe. Das Boot war offen und für Rundstreckenrennen ausgelegt. Der sogenannten Formel 125. Zwei Mal hatte sie dem Tod in die Augen sehen müssen, bei diesem Sport. Anfangs konnte Josefine mit der Schnelligkeit des Bootes nicht umgehen. Sie überschlug sich ein paar Mal und fiel ins Koma, aber man holte sie zurück.

„Wo ist Mama?", rief Danny Klara zu, die gerade in der kleinen Küche für den Jungen ein Essen zubereitete. „Mama kommt heute Abend wieder, mein Schatz, sie muss noch arbeiten.", antwortete Klara. „Kannst du denn nicht meine Mama sein, Klara?", fragte er in einer noch unvollständigen Sprache mit Berliner Dialekt. Es war herzzerreißend und gleichzeitig lustig. „Aber Danny, natürlich kann ich deine Mama sein, aber du hast sogar zwei Mamas, das ist noch schöner.", meinte Klara mit einem fröhlichen Gesicht. „Du und Mama." „Ja, Danny.", lachte die junge Frau und nahm den Kleinen auf den Arm.

Die Woche begann hektisch. Viele Änderungen mussten in der kleinen Nähstube vorgenommen werden. Die Kunden belagerten förmlich den Laden. Es wurde zugeschnitten, anprobiert, getrennt und wieder vernäht. Das Geschäft florierte ordentlich. „Hallo, Josefine!", rief eine piepsige Stimme. Rosa, ihre Cousine war wieder in Berlin. Sie wollte Josefine einen kleinen Besuch abstatten. „Ich glaube, diese Stadt könnte mir sehr gefallen, denn Berlin hat eine Seele.", sprach sie leise. „Ach

Rosa, komm doch einmal mit nach hinten, ich will dir die Nähmaschinen und den Arbeitsbereich der Mädchen zeigen.", sagte Fine.

Rosa ging mit und war begeistert. „Es sieht ja aus wie in einer Puppenstube. Die bunten Stoffe und die Ankleidebüsten sind ein ganz besonderer Blickfang." Josefine erklärte ihr, dass sie nur die edelsten

Stoffe für ihre Kundschaft bereitstellen würde. „Aber der Grund, warum ich gekommen bin, ist folgender.", sagte Rosa. Sie erklärte Josefine, dass in acht Wochen wieder ein Rennen auf dem Großen Wannsee stattfindet und ob ihre Cousine denn Lust hätte, mit ihr daran teilzunehmen. „Da fragst du noch, Rosa, natürlich habe ich Lust.", lachte Fine. „Ich muss nur bis dahin mein Boot wieder flott bekommen, da stimmte schon beim letzten Rennen etwas mit dem Vergaser nicht.", meinte Josefine.

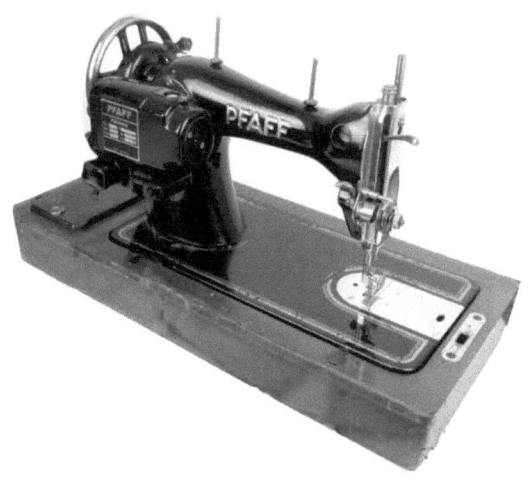

Rosa meinte, dass es doch für Fine kein Thema sei, diesen Schaden zu beheben. Freudestrahlend verabschiedeten sich die beiden Frauen und blieben bis dahin telefonisch in Kontakt. Fine dachte: „Komisch, ich verstehe nicht, warum ich nicht viel eher mit Rosa zusammengekommen bin."

Das Telefon klingelte in der Nähstube. Frank Schulte war am Apparat. Es wollte Klara sprechen.

Aufgeregt und verliebt ging sie ans Telefon. „Hoffentlich merkt man mir nichts an.", dachte sie. Frank fragte sie, ob sie Lust hätte, mit dem kleinen Danny auf einen Sparziergang im Grunewald mit anschließendem Eis essen. Klara zögerte noch etwas, stimmte dann aber zu und der Kleine freute sich riesig.

Der Termin für das Rennen rückte immer näher und Josefine musste noch viel an ihrem Rennboot in Ordnung bringen. Sie besaß in Berlin ein altes Herrenhaus, welches sie von ihrem Vater geerbt hatte. Dem angeschlossen waren mehrere Stallungen. Früher züchteten ihre Eltern einmal Pferde. Heute hatte Josefine diese Ställe umfunktioniert und reparierte ihr Boot und soweit sie es konnte auch ihren Privatwagen.

Der Vergaser ihres Bootes war völlig verschmutzt. Mühevoll reinigte sie ihn in einem Ultraschallbad mit entsprechenden Lösungsmitteln. Ungefährlich war die Angelegenheit für eine Frau nicht gerade. Man sah es Josefine nicht an, aber sie war zäh wie Leder. Es war nicht das erste Mal, dass der Vergaser Probleme machte und sie hoffte mit der Reinigung, dass Problem gelöst zu haben. Josefine war so dreckig, man hätte sie fast nicht wiedererkannt.

„Hallo, Fine!", rief eine freundliche Stimme hinter ihr. „Ach, Klara, wo kommst du denn her?", antwortete Josefine überrascht. „Frank und Denny sind auch hier, sie sitzen im Auto.", sagte Klara fröhlich. „Ich wollte nur Bescheid sagen, dass wir mit dem Kleinen zum Grünewald fahren.", sagte Klara. „Ich hoffe, du bist damit einverstanden.", lachte Klara.

Natürlich war Josefine damit einverstanden. Eigentlich konnte sie nur froh sein, dass ihr Kind auch zu Klara einen guten Kontakt aufgebaut hatte. Klara konnte die kleine Nähstube ruhig für ein paar Stunden verlassen, denn sie hatte gute Vorarbeit geleistet. Außerdem hatte sie verständnisvolle Kolleginnen. Josefine war da sehr streng, denn der Laden musste laufen. Ausfälle konnte sie sich nicht erlauben. Dabei dachte sie ausschließlich an die Mädchen, die hart arbeiteten in der Nähstube.

„Alles klar Klara, ich wünsche euch noch einen schönen Tag, haut schon ab.", lachte sie. Kurz darauf fuhr Josefine in den Laden zurück. Der Vergaser war gereinigt und sie konnte das bevorstehende Rennen kaum erwarten. Klara, Frank und Danny hatten einen wunderbaren Tag. Sie gingen anschließend noch zum Eis essen. Sie unterhielten sich über ihre Zukunft. „Weißt du, Klara, ich muss dir gestehen, dass ich mich in dich verliebt habe.", sagte Frank mit einem hochroten Kopf.

„Ich finde dich ja sehr sympathisch, aber der Funke ist leider bei mir noch nicht übergesprungen.", antwortete Klara. „Ich werde auf dich warten.", sagte Frank etwas niedergeschlagen. „Klara, willst du Frank heiraten?", quietschte Danny fröhlich. Sie mussten beide lachen und schauten sich dabei tief in die Augen. Klara wollte es noch nicht zugeben, aber sie musste sich jetzt doch eingestehen, dass auch sie Frank liebte.

Frank Schulte ließ nicht locker. Mindestens einmal in pro Tag, bevor er mit seinem klapprigen Renault 4 in die Spedition fuhr, kam er in die kleine Nähstube und wollte Klara sehen. Einmal kaufte er nur ein paar Maschinennadeln oder Garn, nur um mit der jungen Frau ins Gespräch zu kommen. Irgendwie tat Frank Klara leid. Diese Ausdauer und Geduld imponierte ihr. Zudem empfand sie sein Äußeres als sehr attraktiv. „Komisch, dass mir das vorher nicht aufgefallen ist. Oder kommt es nur daher, dass ich so verliebt bin?", überlegte sie. „Frank, hast du Lust mit mir heute Abend essen zu gehen?", fragte sie den verdutzten jungen Mann, der sehr überrascht von ihrer Direktheit war.

„Aber ja, da fragst du noch, Klara.", sagte er. Frank holte sie am Abend ab.

Klara hatte eine kleine Zweizimmer Hinterhof Wohnung in einem Haus, welches tatsächlich noch zwischen dem 18. und 19. Jahrhundert erbaut wurde. Durch eine gründliche Außensanierung sah es aus wie neu gebaut. Klara hatte ihr schönstes Kleid angezogen. Ganz in schwarz, nur mit einer weißen Ansteck Rose. Klara war eine adrette, junge Frau. Keine Schönheit, aber sie hatte etwas Anziehendes in ihrer Ausstrahlung. Frank war begeistert, als er sie sah, denn ihre Figur war einfach toll.

Josefine fieberte dem Rennen ungeduldig entgegen. Rosa nervte sie auch fast jeden Tag mit Anrufen. „Fine, bitte schau' an deinem Rennboot alles richtig nach, damit nichts passieren kann, ein wenig Angst habe ich schon.", sagte Rosa. „Aber Cousinchen, denke so etwas gar nicht erst." Tatsächlich hatte Josefine alles gründlich nachgesehen und fertig gemacht. So glaubte sie, ein sicheres Rennboot für die kommende Regatta zu haben.

Das Berlin in den 1970'er Jahren war nicht mehr vergleichbar mit dem Berlin im 19. Jahrhundert, als Konstanze noch lebte. Der Straßenverkehr hatte erheblich zugenommen. Die Mode ist bunt und natürlich können bei den Damen die Röcke nicht kurz genug sein. Die Beatles, und andere Gruppen, machten die Radiosender unsicher und die Jugend verrückt.

Tragbare Radios und sogar Plattenspieler mit Batteriebetrieb wurden überall mit hingenommen. Nur in der kleinen Nähstube von Josefine, scheint die Zeit stehengeblieben zu sein. Der nostalgisch eingerichtete Laden, erinnerte immer wieder daran, als Konstanze, Josefines Großmutter in Berlin eine Persönlichkeit war. Fine, so nannte man die junge Frau oft, hatte ihre Großmutter vergöttert. Sie tat alles um die Erinnerung an sie aufrecht zu erhalten. „Guten Tag die Damen.", ertönte eine freundliche Stimme. Eine ältere Dame, die gerade den Laden betrat, fragte nach, ob ihr neues Kostüm schon fertig sei.

„Ja, Frau Breilmann, es ist gerade fertig geworden.", antwortete Klara von hinten aus dem Arbeitsraum. Die ältere Dame probierte es an und musste zu ihrem Entsetzen feststellen, dass sie wieder zugenommen hatte. Doch dies war kein Grund für das Team alles fallen zu lassen. Im Gegenteil, auch in solchen Situationen mussten sie die Ruhe bewahren und mit Freundlichkeit die Situation entschärfen.

Am Tage des Rennens, holte Rosa Josefine ab. Die Boote standen schon alle am Wannsee. Beide Frauen waren ausgelassen und freuten sich auf die Regatta. Im Cabrio von Rosa, sangen sie zu der neuesten Musik und alberten herum. Es war alles voller Leute, die um den See verteilt saßen und gespannt auf den Start warteten. Die Rennboote wurden noch mal gründlich auf Fehler untersucht.

„Mensch Rosa, ich bin so aufgeregt.", sagte Fine. „Wenn ich das Rennen wenigstens halbwegs gut überstanden habe, werde ich morgen mein Testament ändern und Klara, mit dem Jungen, als alleinige Erben meines Vermögens einsetzen.", meinte Josefine. Anschließend gibt es ein schönes Essen für meine Angestellten und für dich Rosa.", lachte die junge Frau. Der Start rückte immer näher. Die Fahne wurde hochgehalten. Und los! Die bunte Flagge ging nach unten.

Schneller und immer schneller flitzten die Boote, nein, sie schwebten über dem Wasser. Sie berührten kaum die Oberfläche.

Josefine bekam zum ersten Mal richtig Angst, denn sie konnte das Tempo des Bootes nicht mehr regeln. Sie hatte es nicht mehr unter Kontrolle. Panisch, hielt sie sich am Ruder fest. In dieser ausweglosen Situation glaubte sie immer noch, dass sich alles zum Guten wendet, doch Josefine irrte sich.

… Frank Schulte und Klara Lindemann trafen sich immer öfter und jedes Mal war der kleine Danny dabei. Aber die beiden hatten trotzdem immer riesigen Spaß zusammen. Den Kleinen hatten sie längst in ihre Herzen geschlossen. Klara hatte schon seit einigen Stunden ein unangenehmes Gefühl in der

Magengegend. Dies bekam sie immer wenn ein negatives Ereignis bevorstand…

Das Boot geriet völlig außer Kontrolle. Josefine schaffte es nicht mehr. Alles ging furchtbar schnell. Kaum jemand hatte mit dem gerechnet, was nun geschah. Rosa fuhr mit ihrem Boot in einem sicheren Abstand zu Josefine. Gegen ihren Willen, musste sie mit ansehen, wie Fine verunglückte. Der Außenborder überschlug sich plötzlich, in unglaublicher Geschwindigkeit, mehrmals hintereinander. Der Motor fing Feuer und eine riesige Explosion schleuderte Josefine aus dem Boot, oder aus dem, was noch von ihm übrig blieb.

In Windeseile war die Rettungsmannschaft an Ort und

Stelle. Sie holten Josefine aus dem Wasser. Mit schwersten Verbrennungen und Knochenbrüchen wurde sie ins nahegelegene Krankenhaus geflogen. Die Bootsregatta musste abgebrochen werden. Rosa fuhr so schnell wie möglich ins Krankenhaus. Sie informierte alle Mädchen und vor allem Klara. Sie war wie eine Schwester für Josefine. Auch Danny hatte viel Liebe und Zuneigung für Klara entwickelt. Das Telefon klingelte. Klara war gerade dabei, für den Jungen Essen vorzubereiten. Immer wenn Fine unterwegs war, erklärte sie sich bereit, auf das Kind aufzupassen. „Klara, hier ist Rosa.", rief eine aufgeregte Stimme durch das Telefon. „Ja, was ist denn, sag schon Rosa.", antwortete Klara. „Ich weiß nicht, wie ich es dir sagen soll,

Klara.", erwiderte Rosa. Rosa versuchte Klara begreiflich zu machen, dass Josefine schwer verunglückt ist. Sie erklärte ihr wie es dazu kam und in welchem Krankenhaus sie liegt. „Bitte Klara, kannst du den anderen Bescheid sagen?", sagte Rosa und weinte heftig.

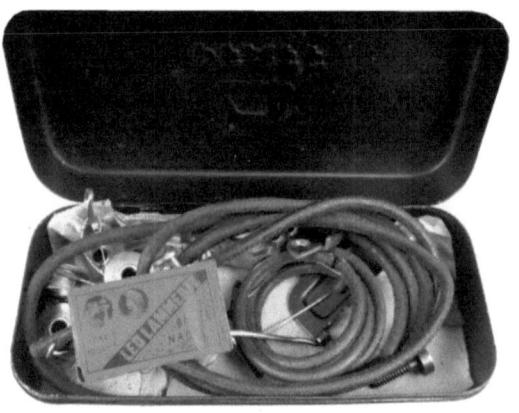

Danny wurde weiterhin von Klara oder den Mädchen liebevoll betreut. Das Kind wusste von nichts und man wollte ihm auch nichts sagen. Später, wenn er erwachsen ist, wird er vielleicht verstehen wie alles zusammenhängt. Denny verlangte auch nicht nach Josefine. Auch Klaras Verlobter Frank Schulte kümmerte sich so oft er konnte um den Jungen, als wenn es sein eigener Sohn wäre. Sie gingen spazieren, fuhren mit der Eisenbahn durch Berlin oder gingen in den Zoo. Auch ihn, verband sehr viel mit dem Kleinen.

Von Tag zu Tag ging es Josefine schlechter. Ihre Verbrennungen und Brüche waren zu schwerwiegend. Die Ärzte konnten ihr leider nicht mehr helfen. Man rechnete täglich mit dem Tod. Der zuständige Stationsarzt konnte nicht fassen, dass eine so junge Frau schon sterben musste. „Nun, sie war sich wohl nicht über die Gefahren im Klaren, die dieser Sport mit sich bringt.", dachte Dr. Wasner. Noch bevor Klara ihre Freundin im

Krankenhaus besuchen konnte, verstarb Josefine an ihren schlimmen Verletzungen. Gut, dass sich die beiden schon vor ein paar Wochen ausgesprochen hatten. Es wurde besprochen, was geschehen sollte, wenn Josefine frühzeitig sterben sollte. Der grausame Tod von Fine, machte alle sehr nachdenklich.

Die kleine Nähstube musste weiterhin tolle Mode kreieren und Modelle nähen. Kurz gesagt, das Leben musste einfach weitergehen, so oder so. Danny durfte nichts merken von all den Sorgen. Er war ein neugieriger und wissbegieriger Junge, der sein kleines Köpfchen mit schönen Dingen voll hatte. Klara und ihr Verlobter mussten nun sehr schnell handeln. Da sie in den nächsten Wochen sowieso heiraten wollten, überlegten sie nicht lange und bestellten das Aufgebot.

Dank der Hilfe von Rosa, konnte eine Adoption beschleunigt werden. Rosa hatte eine Freundin im Jugendamt, die den Fall bearbeitete. Das Amt stellte fest, dass nicht nur Klara, sondern auch Frank und all die anderen das Kind auffingen.

Die standesamtliche Trauung fand schnell statt. Denny streute Blumen und war guter Dinge. Klara übernahm kurze Zeit später die Nähstube und die Angestellten. Josefine hatte Klara ihr gesamtes Vermögen vererbt. Das schöne alte Herrenhaus war riesig. Die junge Frau, Frank und der kleine Danny waren nun eine Familie. Sie zogen in das Herrenhaus, es wurden auch wieder Pferde angeschafft und Danny lernte schnell reiten. Er war ein guter Schüler und ein rundherum glückliches Kind. Noch wusste er nichts von dem Schicksal seiner richtigen Mama und von seiner Adoptivmutter. Irgendwann würde Klara ihm alles sagen, aber jetzt sollte er erst einmal seine Kindheit genießen. Danny bekam noch ein Schwesterchen. Sie nannten sie, das Mädchen hatte lange schwarze Haare, Konstanze.

……………….Ende……………….

Ab Januar 2016 erhältlich:

Das Buch „Konstanzes Vermächtnis" ist ein Generationen-Roman und spielt im Alten Berlin bis in die Neuzeit.

ISBN 978-3-73921-903-5

Das Buch „Star Marshal" ist ein Science-Fiction-Western. Ein Polizei-Raumschiff wird von einem Schwarzen Loch verschluckt.

ISBN 978-3-73922-617-0

Bisher wurden veröffentlicht:

Fitus, der Sylter Strandkobold

30 spannende Kindergeschichten mit vielen Bildern und kindgerechten Informationen über Sylt

ISBN 978-3-95744-758-6

Das Schweinchen Klecks und andere Kindergeschichten

Ein Kinderbuch für Erstleser und zum Vorlesen.

ISBN 978-3-95744-286-4

Spannende Kurzgeschichten für unterwegs

50 abgeschlossene Kurzgeschichten aus allen Genres.

ISBN 978-3-95744-598-8

Science Fiction, Horror & Co. – Neue spannende Kurzgeschichten für unterwegs

Spannende Kurzgeschichten in Science Fiction, Horror, Schicksal und Krimi eingeteilt.

ISBN 978-3-96008-041-1

Brandneu ist das Buch
DER KLEINE SYLT REPORT – Autorenteam Sültz auf Sylt

ISBN 978-3-73922-559-3

Herzlichen Dank für Ihr Interesse

Renate Sültz